AF219990

Rüdiger Schneider

Dornröschen schläft – Eine romantische Erzählung

Der Hinweis Personen und Handlung sind frei erfunden entfällt dieses Mal. Nur der Name in der ersten Geschichte entspringt der Phantasie. Es ist dann reiner Zufall, wenn jemand wirklich so heißt.

Bibliografische Information der Deutschen Nationalbibliothek: Die Deutsche Nationalbibliothek verzeichnet diese Publikati der Deutschen Nationalbibliografie; detaillierte bibliografische Daten sind im Internet über http://dnb.d-nb.de abrufbar.

Herstellung und Verlag: BoD – Books on Demand, Norderstedt

ISBN: 9783756869527

Inhalt

Ein weibliches Herz

Gregor Kaplan war schon in ungewöhnlich jungen Jahren, und zwar mit 32, Professor für Mathematik an der Bonner Friedrich-Wilhelm-Universität geworden. Spezialisiert hatte er sich auf nützliche Anwendungen der Euklidischen Geometrie. Über seinem kühlen Verstand war ihm mit 35 eine Ehe zerbrochen, was aber vielleicht auch noch an ganz anderen Gründen lag. Da er aber kurz darauf mit dem hoch angesehenen und hoch dotierten Leibniz-Preis geehrt wurde, schien ihn der Schiffbruch mit der weiblichen Welt kaum zu berühren und auch der Verlust eines schönen Einfamilienhauses war ihm wegen des Preisgeldes von 200 000 Euro ziemlich egal. Abgesehen davon bekam er als Professor ein stattliches Gehalt. Doch dann schlug das Schicksal zu. Erst schleichend, dann mit unwiderstehlicher Gewalt. Das Herz wurde schwach und schwächer, bis es ihn mit 38 in den Rollstuhl warf. Um sein noch junges Leben zu retten war eine Transplantation unumgänglich. Aber wie erstaunte der ihn beratende Arzt, der auch zugleich sein Freund war, als Kaplan sagte: „Ich will ein weibliches Herz, kein männliches und auch keins vom Schwein."

„Lässt sich machen", meinte der Arzt. „Wenn Blutgruppe und Größe stimmen. Aber bedenke bitte, dass sich deine Chancen, ein neues Herz zu erhalten, auf die Hälfte verringern."

„Nur ein weibliches Herz", beharrte Kaplan. „Sonst nichts."

Vier Wochen später war es so weit. Auf der einen Seite Tod, auf der anderen die Hoffnung auf ein neues Leben. Eine 25jährige Motorradfahrerin war ums Leben gekommen. Größe und Blutgruppe stimmten. Schon bald beim Aufwachen nach der Transplantation bemerkte Kaplan, dass etwas Starkes in seiner Brust schlug. Nachdem er die Reha, die ihn übrigens maßlos langweilte, hinter sich gebracht hatte, stieg er wieder in das normale Leben ein. Er ertrug es mit Gleichmut, dass seine Freunde ihn bisweilen hänselten.

„Hast du jetzt einen Schuhtick oder lackierst du dir jetzt die Fingernägel?"

Weniger nett waren Bemerkungen wie etwa: „Pass auf! Du bist jetzt eine Beute für Lesben. Vielleicht wirst du auch schwul und wendest dich Jungs zu." Oder: „Wenn du jetzt zickig wirst, wissen wir warum."

Tatsächlich bemerkte Kaplan Veränderungen. Bei rührseligen Filmen etwa füllten sich seine Augen mit Tränen, die unwiderstehlich die Wangen herunterliefen. Er konnte nichts daran ändern. War er früher an den Bettlern am Bonner Hauptbahnhof achtlos vorbei gegangen, so steckte er ihnen jetzt jedes Mal zehn Euro zu. Was freilich dazu führte, dass sich die Zahl der Bettler am Bahnhof vermehrte. Auch zeigte er jetzt insgesamt mehr Mitgefühl, wunderte sich, dass er sich im hermetisch geschlossenen Kreis der Mathematik so wohl gefühlt hatte. Die Mathematik war für ihn die einzig gesicherte, unwiderlegbare Wissenschaft gewesen. Zwei plus drei war überall auf der Welt fünf. Da konnte niemand widersprechen. Jetzt aber fühlte er, dass es neben der Mathematik noch ganz andere Welten gab. Musik, Literatur, Philosophie, Religion. Was die Literatur betraf, las er weniger Romane, fand die Biographien der Dichter viel spannender. Die hatten Sitz im Leben. Leben, um davon zu erzählen.

Noch ungelöste Probleme der Mathematik wie etwa die binäre

Goldbachsche Vermutung, jede gerade Zahl, die größer als 2 ist, ist Summe zweier Primzahlen, interessierten ihn nicht mehr. Ihm wurde bewusst, dass das Herz nicht nur eine physikalische Pumpe war, sondern ein fühlendes Organ der Empfängnis.

Er war raus aus der Mathematik. Wie sollte er da noch arbeiten, mit Zahlen jonglieren, vorne am Katheder stehen, andere in eine Wissenschaft einführen, von der er sich abzuwenden begann? Er ließ sich von seinem Arzt ein Gutachten geben, verschwieg, dass sein Herz eigentlich stark war, verschwieg auch Kleinigkeiten wie etwa, dass er als Blutverdünner kein Marcumar mehr nahm, da er herausgefunden hatte, dass Portwein genauso gut war, aber erheblich besser schmeckte.

Man hatte Verständnis für einen, dem man das Herz ausgewechselt hatte, und so wurde er mit 42 pensioniert.

Seine Freunde verwunderten sich, als er eines Tages sagte: „Mit der Mathematik ist Schluss. Das sollen andere machen. Ich nicht mehr. Ich fliege jetzt um die Welt."

„Und was suchst du da?" fragten sie erstaunt.

„Liebe."

Garten der Befreiung

Ich, Gregor Kaplan, bin in Bangkok gelandet. Ich werde mich hüten, in das Nachtleben der Bars einzutauchen, wie man es etwa aus dem Musical ‚Chess' und dem Song ‚One night in Bangkok' kennt. Nein, nein, mit dem Zug fahre ich weiter nach Süden, nach Surat Thani, gehe in ein buddhistisches Kloster. Es gibt dort die Möglichkeit für Ausländer, Farangs werden sie von den Thais genannt, das buddhistische Leben kennenzulernen. Suan Mokh heißt das Kloster. Suan Mokh bedeutet ‚Garten der Befreiung'. Befreiung wovon? Das will ich wissen. Von der Mathematik habe ich mich schon befreit. Wovon denn noch?

Wochenlang lebe ich in einer kleinen Zelle, schlafe auf Beton, stehe, wenn die Tempelglocke schlägt, um fünf Uhr auf, schöpfe mit einer Plastikschale aus einer Tonne, die vor der Zelle steht, Wasser und schütte es mir über den Kopf. Danach geht es in der Dunkelheit mit den anderen Farangs im Gänsemarsch zu einem

Vortrag von Ajahn Buddhadasa, einem in Thailand hochverehrten Mönch, vor dem sich sogar der König verbeugt. ‚Ajahn‘ bedeutet ‚hoher Lehrer‘.

Die Vorträge drehen sich um die Anhaftung an Geld, Besitz, Liebe, Anerkennung, Macht. Um törichte Wünsche, Begierden, Verlangen. ‚The boat of desire is the boat of fire.‘ Das Boot des Verlangens ist das Boot des Feuers.

Während des Retreats gibt es nur eine vegetarische Mahlzeit am Tag. Die ist aber ausgesprochen lecker, was wohl auch am Hunger liegt. Weiter gilt ein Schweigegebot wie bei den Trappisten. Ich empfinde es als sehr angenehm. Wird doch soviel Unsinn in der Welt erzählt. Das Alkoholverbot macht mir nichts. Der Portwein fehlt zwar, aber ich habe ein starkes weibliches Herz. Ab und zu stehle ich mich jedoch heimlich in den Dschungel und rauche eine Zigarette. Was mir jedoch wirklich Schwierigkeiten macht, ist bei der Medition in der Tempelhalle eine Gedankenleere herzustellen. Wie Affen an den Lianen turnen einem die Gedanken im Kopf herum. Und was noch schwieriger ist: Vor mir hockt immer eine wunderschöne Malaiin, von der ich zu träumen anfange. Ist die Liebe auch ein törichter Wunsch? Das Verlangen nach Liebe, die Sehnsucht nach tropischen Nächten in den Armen einer Frau ist einfach zu stark. Ich verlasse Suan Mokh vorzeitig, muss auf meinem Weg allerdings an der Steinbank vorbei, auf der Ajahn Buddhadasa morgens immer sitzt. Ein Hahn hockt unbeweglich auf seinem Knie und kümmert sich nicht um die Hühner, die um ihn herumlaufen.

Das Winken Ajahn Buddhadasas. Ich soll zu ihm kommen. Ich gehe zu der Steinbank, falte die Hände zu einem Wai und verneige mich. Der Hahn wird unruhig, springt vom Knie auf den Boden, sieht sich um, rennt wieder hinter den Hühnern her.

„Du brichst die Meditation ab?" fragt Ajahn Buddhadasa.

„Ich kann nicht mehr stillsitzen", sage ich. „Ich glaube nicht an die Abkehr von der Welt."

„Es ist eine Abkehr von törichten Illusionen."

„Ich habe Sehnsucht nach der Schönheit der Welt."

„Du musst noch viel Weisheit entwickeln. Dein Wunsch wird dich sonst verbrennen. The boat of desire is the boat of fire."

„Mein Herz möchte brennen."

„Du musst es kühl halten. Ein heißes Herz ist gefährlich."

„Das will ich herausfinden."

„So, find it out!"

Ajahn Buddhadasa winkt einem jungen Mönch in orangefarbener Robe, verlangt eine Schale mit weißen Jasminblüten. Der Mönch bringt die Schale. Ajahn Buddhadasa reicht mir eine Jasminblüte und sagt: „If you stick to love you will have a life worse than a dog. Love without the lover!"

Ich nehme die Blüte, verneige mich. Der Buddha lächelt. „Take care!" sagt er zum Abschied.

Scheherazade

Ich hatte diese irren Himmelsfarben noch nie erlebt. Am Abend wie flüssiges Gold, das gerade in die Schmelze gekommen war. Vom Garten der Befreiung war ich mit dem Bus an die Andamanische See gefahren, nach Phuket, hatte dort am Strand eine einfache Bambushütte gemietet, von der ich sagen muss, dass es meine schönste und glücklichste ‚Wohnung' war. Ein breites Bett mit Moskitonetz, eine Dusche der simpelsten Art und eine schmale Terrasse, von der aus man in der Nacht bei tropischen Temperaturen einen prallen Sternen-himmel betrachten konnte. Am ersten Abend nach meiner Ankunft war ich in die nahegelegene Sailor-Bar gegangen. Es ist eine kleine, zur Meerseite hin offene Bar. Ein einfaches Palmstrohdach, eine primitive Theke aus Bambus, langbeinige Hocker aus Rattan davor, auf den runden Sitzflächen verschlissene Kissen. Hinter der Theke, auf einem verstaubten Regal, reihen sich Flaschen mit Mehkongwhisky, Martini, Campari, Thaiwein. Neben dem Regal, in einer Truhe mit Eisblöcken, liegen Flaschen mit Singha- und Klosterbier. Rote Lampions schaukeln über der Theke. Aus einem batteriebetriebenen Recorder ertönt Musik.

Die Bar gehört einem Rumänen. Wenigstens gehört sie ihm zu 49 Prozent. Die anderen 51 Prozent gehören seiner Frau, einer katzenhaften Laotin, die lange schon in Thailand eingebürgert ist. Der Rumäne ist etwa vierzig Jahre alt, die

Laotin dreißig. Der Rumäne hat früher in Paris gearbeitet, in einem Zirkus, als Akrobat. Mit etwas Geld ist er nach Bangkok geflogen und von dort nach Südthailand gekommen. Auf Phuket hat er die Frau kennengelernt, geheiratet. Zum dritten Mal hat er geheiratet, und dann hat er mit ihr, wie für einen Farang oft üblich, eine Bar gekauft.

Der Rumäne hat Heimweh. Aber die Frau will mit ihm auf keinen Fall nach Europa kommen. Sie misstraut dem Leben im Okzident. Sie steht lieber am Abend hinter der Theke, schaut auf das Meer, streichelt ihre Katze, die sich auf die Bambustheke gestreckt hat, und steigt dann gegen Mitternacht auf ihr Motorrad, um vom Nachtmarkt für sich und ihren Mann Essen zu holen. Auch die Katze bekommt etwas ab.

Der Rumäne hat Heimweh. Er ist es leid, Abend für Abend Diskomusik durch den Lautsprecher zu jagen, damit die zwei oder drei Mädchen, die er angestellt hat, tanzen können und Gäste herbeilocken. Seit zwei Wochen legt der Rumäne nur noch klassische Musik auf. Die Mädchen haben ihn schon am zweiten Abend verlassen und sich eine andere Bar gesucht. Seit zwei Wochen sitzt der Rumäne Abend für Abend in einem Korbsessel neben der Theke, raucht, trinkt Mehkongwhisky, hört Chopin, Liszt, Tschaikowski und sieht in die Nacht hinaus. Die Laotin steht währenddessen schweigend und befremdet hinter der Theke und streichelt ihre Katze.

Es ist ein Abend mit glühender Dämmerung. Ich komme zufällig an der Bar vorbei und wundere mich, eine Bar zu finden, in der klassische Musik gespielt wird.

„He is crazy!" sagt die Laotin, als ich die Bar betrete und mir ein Singha-Bier bestelle. „Two weeks now. No music, no girls, no guests, no business." Der Rumäne sitzt in seinem Korbsessel, raucht, trinkt Mehkongwhisky und hört Tschaikowski, Klavierkonzert Nr. 1 in b-Moll.

Nach dem zweiten Singha-Bier ist am Horizont, weit draußen über dem Meer, der letzte Streifen Licht erloschen. Am Himmel beginnen die Sterne zu glühen. Die Bar ist nur wenig erhellt. Eine Gazelampe verbrennt unter leisem Zischen Propangas.

Am Horizont, wie aus dem Wasser auftauchend, erscheint die Sichel des

Mondes. Man sieht sie in dieser Hemisphäre als waagerecht stehende Schale. Der Rumäne hört das Tschaikowski-Konzert zum zweiten Mal. Aber jetzt wartet er das Ende nicht ab, sondern steht auf, wechselt die CD. „Rimsky-Korsakov, Sir!" sagt er zu mir. „Scheherazade!" Dann geht er wieder zu seinem Sessel zurück, unterbricht aber den Gang, bleibt neben mir stehen und sagt: „The lady is the violin. A lonely lady looking out at the sea." Nach diesen merkwürdigen Worten setzt er sich, zieht an seiner Zigarette und schüttet Whisky nach. Ich sitze auf dem Barhocker, trinke Singha, lausche dem Spiel der Violine und sehe der Laotin zu, wie sie ihre Katze streichelt.

In der kurzen Pause zwischen dem ersten und dem zweiten Satz der Sinfonie steht der Rumäne auf. Er holt sich eine neue Flasche Whisky. Ich wundere mich, dass er überhaupt noch aufrecht geht. Die Musik setzt wieder ein, der dunkle Klang einer Oboe. Orientalisch, verlockend, einschmeichelnd.

„Sindbad, Sir!" sagt er, nun neben mir stehend. „The red sail of Sindbad. The lady goes with him. But she is not allowed to go into the world. Because her love is absolute and pure."

Der Rumäne, die Whiskyflasche in der linken und die glimmende Zigarette zwischen Daumen und Zeigefinger der rechten Hand, setzt sich wieder. Die Laotin sieht ihren Mann befremdet an und streichelt ihre Katze. Was soll das für eine Liebe sein, der es nicht erlaubt ist, in die Welt zu gehen?

„He is crazy!" sagt sie zu mir. „He is very much crazy!" Und ihre dunklen Katzenaugen ziehen sich zu ganz schmalen Schlitzen zusammen.

Während des dritten Satzes blickt der Rumäne, das Glas mit dem Whisky schwenkend, nach draußen in die Nacht, nimmt die Musik hin zunächst ohne Kommentar. Dann kommt der vierte Satz. Aufwühlende, unruhige Akkorde und Dissonanzen. „She is dieing in the sea!" sagt der Rumäne jetzt. Und als am Ende die Musik leise ausgeklungen ist mit dem Anfangsmotiv, da steht er auf, kommt zu mir, legt mir die Hand auf die Schulter. „Sir, now she is as she was before!"

Die Katze war verschwunden, und auch die Laotin war verschwunden. Ich hatte der Musik gelauscht und es nicht bemerkt.

Sie kamen in dieser Nacht auch nicht mehr zurück. Der Rumäne reichte mir ein neues Singha-Bier. „I'm happy to have a companion", sagte er. „Don't pay. Tonight you are my guest." Ich bat ihn, die Sinfonie noch einmal zu spielen, und dann lauschte ich in dieser seltsamen Nacht, während der Monsun von der Andamanischen See hereinwehte, zum zweiten Mal Korsakovs ‚Scheherazade'.

„It's only an illusion!" sagte der Rumäne und redete jetzt von der Laotin. „She is my third wife, the most beautiful wife I found in Thailand. But they are all illusions. It's better to listen to Scheherazade."

„I don't know!" antwortete ich. Und ich dachte an die Katze und sagte in den zweiten Satz der Sinfonie hinein: „But it's nice to be caressed by such a beautiful wife!" – Aber es ist angenehm, von einer so schönen Frau gestreichelt zu werden!

„Have a nice holiday in the country!" bemerkte mein Gastgeber. „There are so many beautiful Buddhas!" Dann ging er hinüber zu seinem Korbsessel, setzte sich, rauchte, trank Mehkongwhisky, schwieg die ganze Zeit und lauschte der Musik. – The lady is the violin.

Als der vierte Satz noch verklang, sah ich, dass der Rumäne eingeschlafen war. Ich stand auf, machte mich auf den Heimweg. Nachts kam Sturm auf, riss an meiner Hütte und die Träume waren schwer. Am nächsten Tag gab es nur Regen. Eine feingesprühte Wasserwand kam mit dem Wind vom Meer. Im verbleibenden Licht lag es metallisch graugrün. „It's only an illusion!" hatte der Rumäne gesagt. Aber ist mir nicht oft kalt, und ich möchte gestreichelt werden? So wie die Katze! Ist es nicht besser, eine Katze zu sein als ein Europäer, der klassische Musik hört und dem darüber die Frau laufengeht? Ich wusste es nicht.

Als ich am nächsten Abend wieder die Sailor-Bar besuchen wollte, war sie geschlossen, und sie blieb auch geschlossen. Fragte ich die Thais in den Bars nebenan, wo der Rumäne sei und seine Frau, so hörte ich nur: „Mai ru, mai ru!" Weiß nicht, weiß nicht! Der Rumäne war verschwunden, die Laotin war verschwunden, und die Katze tauchte auch nicht mehr auf. Ich hatte die Ehre gehabt, der letzte Gast des Rumänen gewesen zu sein.

Das Jahr der Katze

Natürlich wollte ich wissen, wer war sie, deren Herz ich jetzt in mir trug. Aber Transplantationen sind anonym. Man erfährt nichts über den Spender. Die Information, dass sie 25 war und Bikerin, verdankte ich nur den guten Beziehungen meines Arztes. Aber eigentlich musste ich auch nichts erfahren. Ich spürte es. Sie war ein wildes Ding, und jetzt liebte mich ihr Herz. Deshalb konnte ich mir alle Nachuntersuchungen und Medikamente sparen. Das Herz würde bleiben. Als ich dann eines Tages in einem Restaurant einen Gedichtband von Charles Baudelaire fand, den irgendjemand zurückgelassen hatte, wusste ich: Du kaufst dir jetzt ein Motorrad und gehst auf Tour. „Zum Aufbruch muss der Stamm der Zaubrer rüsten." Ich hatte keinen Führerschein. Aber das war mir egal. Mit etwas Mut und Unverschämtheit kann man alles lernen. So kaufte ich mir also bei einem Motorradhändler in Patong eine ‚Yamaha Special', bordeauxrot, vier Zylinder, 650 Kubik. Viel, wenig, genug für Asiens Straßen. Spitzengeschwindigkeit 180

Km/h. An den beiden Tankseiten ist ein goldfarbener Flugdrache angebracht, weswegen ich das Motorrad ‚The Golden Dragon' nenne. Ich lasse mir von dem Händler die Maschine volltanken und erklären und begebe mich auf meine erste vorsichtige Fahrt rund um Phuket, werde mit jedem Kilometer vertrauter mit der Maschine. Nach ein paar Tagen ist es soweit. Für das Gepäck kaufe ich noch eine Box, die hinter dem Rücksitz eingerastet wird. An einem heißen Mittag im August starte ich die Tour in den Norden Thailands, into the Magic North. Das mir fremd vertraute Herz schlägt Zustimmung. Es scheint schon zu wissen, dass mir eine der seltsamsten Begegnungen meines Lebens bevorsteht.

Nach einer Woche bin ich sechzig Kilometer vor Chiang Rai, als ich am Nachmittag in ein heftiges Monsungewitter gerate. Der Regen ist dicht und heftig. Das Wasser schießt herunter. Die Nässe wird in die Zündkerzen kriechen. Ich biege von der Straße ab auf einen Weg zwischen Reisfeldern, erreiche zwei langgestreckte Bambusschuppen, die einen überdachten Vorbau haben. Das Tor zu dem Gelände ist aufgeschoben. Niemand ist zu sehen. Ich stelle die Maschine unter dem Dach ab, sehe zu, wie im Westen die Blitze eine Bergkette entlangflackern. Von den Bambusschuppen her klingt metallisches Picken auf Futterrinnen. Ich bin auf einer Hühnerfarm gelandet.

Gegen sechs Uhr hört der Regen auf. Ein schwaches Leuchten noch flackert die Berge entlang. Der Himmel wird wieder klar. Über die Reisfelder, die sich nach Westen hin bis an den Fuß der Berge erstrecken, ziehen feine weiße Schleier. Hundert Meter westlich der Farm, am Rand der Reisfelder, ein rot leuchtendes Tempeldach. Auf dem Weg fährt jetzt nach dem Regen ab und zu ein Motorrad vorbei. Ein Farmer geht in ein Reisfeld, um im schlammigen Wasser kleine schwarze Krebse zu fangen. Ein alter, klappriger Lastwagen, mit Bambusstangen beladen, tuckert vorbei. Den Weg entlang schieben sich ein paar Wasserbüffel, die Köpfe mit den Sichelmondhörnern gesenkt, als wollten sie die Erde pflügen. Vor dem Tempelgrund taucht ein Mönch auf in orangefarbener Robe und geht nach Westen in ein Dorf hinein.

Die Sonne steht jetzt wie ein roter Ball am Rand der Berge. Warum kann ich mich von der Farm nicht lösen? Noch könnte ich Chiang Rai in der Dämmerung erreichen. Es sind nur sechzig Kilometer. Aber ich fahre nicht, sitze unter dem Vorbau auf der Maschine, rauche eine Zigarette und sehe nach Westen in das Land hinaus. Meine Kleidung ist noch nass. Nur das um die Stirn gebundene rote Tuch gegen den Brand der Sonne ist jetzt schon trocken.

Die Sonne, sie ist schon versunken hinter den Bergen. Die Dämmerung hat begonnen. Die Berge sehen jetzt aus wie abgestufte Drachenkämme. Darüber glüht es wie flüssiges Gold, das in einem Tiegel einer Schmelze unterworfen ist. Die ersten dunklen Schattierungen laufen über den Himmel. Die Reisfelder entlang ziehen immer noch feine, weiße Schleier. Einzelne Büsche und Baumgruppen stehen auf den Feldern. Jetzt sehen sie aus wie Wächter zu den Toren einer anderen Welt. Insektenschwärme sind gegen den Himmel auszumachen. Tanzende Punkte, die über dem Reis vibrieren. Eine Stille tritt ein, so als sei die Dämmerung ein zeitloser Raum wie die Spanne zwischen Ebbe und Flut. Es wird dunkler und dunkler. Wie

Silhouetten stehen die Drachenkämme vor dem Himmel. Dann wandelt sich die Stille der Dämmerung hin zu den Vibrationen der Nacht. Ein Crescendo hoher und höherer Töne schwingt durch die Luft. Eingelagert in das Sirren der Zikaden der dunklere Ruf des Geckos, siebenmal meist. Auf den Feldern gehen die ersten Öllampen der Krebsjäger an. Bald gleitet auch die Kobra durch die Nacht.

Jetzt auch kommt Wind auf von den Bergen und geht durch den Reis. Wie Wellen, gerade noch erkennbar, fluten die Gräser. Hinter dem Tempel, dessen Flammengiebel als dunkler Schattenriss gegen den Himmel steht, taucht ein Motorrad auf. Noch ohne Licht fährt es den Weg entlang und nähert sich der Farm. Jetzt biegt es ab auf den schmalen Schotterweg, der zur Farm führt. Es passiert das aufgeschobene Tor und fährt auf mich zu. Einen Meter vor meiner Maschine stoppt es. Es ist eine kleine rote Honda. Der Scheinwerfer blendet kurz auf und wird dann wieder ausgeschaltet. Ich sitze auf meinem Motorrad im Halbdunkel des Vorbaus.

Die Frau auf der Honda, noch bevor sie mich mit dem Scheinwerfer blendete, sah ich das Erstaunen in ihrem Gesicht, die Verwunderung, auf der Farm einen Fremden zu finden. Warum redet sie mich sofort auf Thai an? „Tam arai tinie, kha?" Was machst du hier? Dann erst nachgeschoben die Frage, ob ich Thai spreche. Ein wenig, ja. Ich entschuldige mich für mein Eindringen, erkläre warum. Und dass ich immer noch auf der Farm bin, obwohl der Regen schon lange aufgehört hat. Ich mache die noch nassen Zündkerzen dafür verantwortlich. Von meiner Verzauberung durch das Land sage ich nichts.

Meine Augen gewöhnen sich wieder an das Dämmerlicht. Gold, viel Gold trägt die Frau. Große, runde Ohrringe, eine Halskette, ein Armband, eine goldene Uhr, zwei Ringe. Sie mochte etwa dreißig Jahre alt sein. Vielleicht auch etwas mehr. Das Gesicht ist schmal, feingeschnitten. Schwarzgewelltes Haar umrahmt es und ist hinten zu einem Zopf gebunden, der bis über die Schulter fällt. Im verschwindenden Licht des Tages glaube ich einen Schimmer Rot darin zu erkennen. Wie rötliche Erde. Oder ist es das Gold des dunkler werdenden Himmels, das sich darin spiegelt? Die Farbe ihrer Augen kann ich nicht genau feststellen. Schwarz oder dunkelbraun. Ihre Lippen sind schön. Während sie mich ansieht, sind sie ganz leicht geöffnet, berühren sich kaum.

Die Thai trägt eine dunkelgrüne Armeejacke. Eine weiße Seidenbluse darunter mit einer hellgrünen angesteckten Jadebrosche. Langer, bis an die roten Sandaletten fallender Rock aus schwarzer, faltenwerfender Seide. Schlank ist sie, hochgewachsen. Mühelos hält sie mit ihren Beinen die Honda in Balance. Die Hände hat sie auf den Lenker gestützt.

„Pai nai, kha?" fragt sie. Wohin fährst du?

Nach Chiang Rai, antworte ich.

„Mai pai, kha!" sagt die Frau. „Fahre nicht. Die Nacht kannst du in meinem Haus schlafen."

Als sie meine Verwunderung bemerkt, lacht sie. „Mai antarai!" Es ist nicht gefährlich. Wovor hast du Angst?

Ungewöhnlich, die Einladung, denke ich. Ausgeschlossen sogar. Keine Thai lädt einen Farang, den sie gerade erst getroffen hat, in ihr Haus ein. Und dann auch noch in einem Dorf, wo die Geschichte blitzschnell herum ist. Außerdem, ich weiß ja gar nicht, wer sie ist. Es wird

26

zunehmend dunkler. Vielleicht liegt ihr Haus am Ende des Dorfes in die Berge hinein. Ich habe Geld bei mir, Pass, Kreditkarten. Ein Motorrad. Wer hat mich kommen sehen, wer sieht mich wieder gehen?

„Du kannst in dem Zimmer von Mister Richmond schlafen", sagt sie.

„Wer ist Mr. Richmond?"

„Mein Mann, Amerikaner. Er ist vor einem Monat gestorben. Huadjai." Das Herz.

Sie fährt fort in einem Kauderwelsch aus Thai und Englisch. „Hier auf der Farm ist er zusammengebrochen. Da ungefähr, wo deine Maschine steht, neben den Futtersäcken. Mister Richmond hat zu viel gearbeitet."

Sie deutet den Vorgang kurz an, sackt auf der Honda etwas zusammen, richtet sich wieder auf. „So!" sagt sie. „Ganz plötzlich."

„Kannst du jetzt so einfach einen Farang in dein Haus bringen?" frage ich.

„Ja", antwortet sie. „Was die Leute im Dorf denken, ist mir egal. Niemand von ihnen hat mir zu essen gegeben, als ich nichts hatte. Jetzt mache ich, was ich will. Du kannst so lange in dem Haus wohnen wie du möchtest. Du brauchst kein Geld zu bezahlen. Ich habe genug. Aber alleine in dem Haus zu sein, mai mi sanuk, das macht keinen Spaß. Seit der Mister tot ist, trinke ich zu viel Mehkonwhisky. Djing, djing", ja, ja, fügt sie hinzu. „Mai antarai!" Wirklich, es ist nicht gefährlich. „Aber wenn du noch nach Chiang Rai möchtest, dann fahr!"

Sie steigt jetzt von der Honda und geht zu den Bambusställen. „Ich muss das Licht anmachen", sagt sie. Während sie geht, wirft sie einen kurzen Blick über die Schulter, ob ich ihr auch nachsehe. Dann öffnet sie die Vorhängeschlösser an den Stalltüren und knipst innen das Licht an. Im ersten Stall Neonlicht. Grell. Im zweiten hängen einfache, schwache Glühbirnen. Wärmeres Licht.

„Das brennt die ganze Nacht?" frage ich.

„Ja. Die Hühner legen dann mehr Eier."

„Glaube ich nicht. Die sterben nur eher."

„Bist du hier der Manager oder ich?" erwidert sie mit gespielter Empörung.

„Du. Was habe ich mit deinen Hühnern zu schaffen!?"

Sie hängt die Schlösser wieder ein, lässt sie zuschnappen.

„Ich fahre Morgen nach Chiang Rai", sage ich. „Es ist jetzt zu dunkel geworden. Wie heißt du?"

„Chantrapa. Mister called me Moon."

Sie fährt auf der Honda voraus. Hinter dem Eisentor hält sie, schiebt das Tor die Schiene entlang, schließt es zu. Sie fährt weiter den schmalen, schotterbelegten Pfad zum Dorfweg, biegt ab nach links, nach Westen in Richtung der Berge. Es ist dunkel jetzt. Nur wenige Lichter im Dorf. Auf den Feldern ein paar Öllampen. Kurz hinter dem Tempel biegt sie nach rechts an einem offen stehenden Eisentor vorbei in einen Garten. „Hier ist mein Haus", sagt sie.

Es ist ein kleines Haus, der untere Teil aus Zement, ein aufgebautes oberes Stockwerk aus Holz. Um das Haus herum Papaya- und Mangobäume, Bananenstauden. Die Motorräder stellen wir unter eine Gartensala. Vor dem Hauseingang streift Moon die Sandaletten ab. Ich ziehe meine Schuhe aus. Von der Haustür gelangt man direkt in die Küche. Der Boden ist mit sandfarbenen Fliesen ausgelegt. Einbauschränke, Kühltruhe, ein vierflammiger Gasherd mit Backofen, unter den Wandschränken mit blauem Mosaik belegte Arbeitsflächen, ein Spülbecken mit heißem und kaltem Wasser. Am Eingang zum nächsten Raum, zum Wohnzimmer, ein gekühlter Ballon mit Trinkwasser. Für ein nordthailändisches Dorf eine luxuriöse Einrichtung, die sie dem Amerikaner verdankt. Fernseher, Stereoanlage, Videorekorder, Wandregale mit Glasplatten, ein Couchtisch mit opalfarbener Glasfläche. Über einem Schreibtisch hängt an der Wand eine rot eingerahmte Urkunde. „To honor Mr. James C. Richmond for a world beyond war." Lächelnde Gesichter Asiens, Südamerikas, Afrikas umrahmen auf der Urkunde Richmonds Namen. Über der schwarzen Ledercouch blicken einem Porträts von König und Königin entgegen. An der östlichen Zimmerseite befindet sich eine in den Garten ausgebaute Nische. Durch ein Glasdach fällt tagsüber Licht ein. In der Nische ein Tisch, vier Stühle. Hier hat, wie ich später in einem Fotoalbum sehe, Richmonds goldweißer Sarg gestanden. Von der Nische aus ein kurzer, schmaler Flur, der in ein kleines Gästezimmer führt.

Einen halben Meter vor dem Eingang Richmonds Porträt. Schwarzweiß. Ein schmales Gesicht, volles, blondes, nach hinten gekämmtes Haar, Oberlippenbart. Die blasshellen Augen blicken geradeaus in die Kamera, mit einem Ausdruck, den ich mir zunächst unbeholfen nur so deuten kann: Er hat mit seinem Leben abgeschlossen. „Wann ist die Aufnahme gemacht worden?" frage ich Moon. „Vor drei Monaten", antwortet sie.

In dem engen Gästezimmer ein schmales Bett nur, daneben eine Kommode mit einem Spiegel, ein Stuhl davor. In eine Wand eingebaut ein Schrank. Das kleine Fenster des Raums, mit Moskitodraht bespannt, lässt in den Garten hinausblicken, dort wo unter der Sala die Motorräder stehen. Moon zeigt auf das Bett. „Hier kannst du schlafen. Aber vielleicht ist es zu klein für dich." Sie sieht mich an. Ihre Augen wandern von meinen Füßen bis zum Kopf hoch. Sie lächelt dabei. Ich lege mich auf das Bett, sage: „Es geht."

An der Westseite des Wohnzimmers führt eine Holzstiege in einen oberen Raum. „Dort schlafe ich", sagt Moon. Ihr

Zimmer zu sehen, dazu lädt sie mich nicht ein, und ich frage auch nicht danach.

Sie legt eine CD auf mit englischsprachigen Songs, geht in die Küche, kommt mit einem Tablett zurück. Darauf eine Flasche Whisky, zwei Gläser, ein silberfarbener Kübel mit Eiswürfeln. „Seit der Mister tot ist", sagt sie entschuldigend, „trinke ich jeden Tag Mehkong." Sie stellt das Tablett auf den Tisch in der Nische, gießt Whisky in die Gläser, fügt Eiswürfel hinzu. Wir stoßen an. „Welcome, Mister!" sagt sie. Dann plötzlich auf dem dunklen Glasdach über der Nische das Getrappel kleiner Füße. „Muu!" sagt Moon. Ratten. Sie geht in die Küche, kommt zurück mit einem runden, flachen, tellergroßen Blech, das mit einer dunkelbraunen klebrigen Masse bestrichen ist. Mit dem Blech steigt sie die Holzstiege in ihr Zimmer hoch. Dort befindet sich ein kleiner Balkon, von dem aus sie über ein flaches Dach die Nische erreichen kann. Über mir ihre Schritte. Dann schiebt sich der Schatten des Blechs auf das Glasdach. Moon bleibt noch ein paar Minuten in ihrem Zimmer, macht sich mit irgendetwas zu schaffen.

Währenddessen wird meine Aufmerksamkeit von einem Song angezogen aus den Lautsprechern des CD-Players. Es ist Al Stewarts ‚The year of the cat'. Klavieraufklang mit zarten, leisen, das Hauptmotiv wiedergebenden Passagen. Dann harte, rhythmische Schläge in die Tasten. Wie das helle Klingen von Metall. Aufklingend, abfallend, versinkend in einen fernen, verspielten Traum das Hauptmotiv. Danach der Einsatz des Schlagzeugs, begleitende Gitarrenakkorde. Das Klavier hält das Katzenmotiv durch. Dann aufbrausend die Antwort eines Saxophons. Aus der Ferne auftönend, in die Ferne wieder verschwebend, elektronisch erzeugt, ein katzenhaft verlockender Ruf. Geheimnisvoll aufklingend, geheimnisvoll verschwebend.

„She comes in innocence, so you take her to find what's waiting inside, in the year of the cat."

Chantrapa kam die Stiege herunter. Als sie neben mir steht, strömt aus ihrem Haar im Nacken ein zarter, verführerischer Duft, den ich vorher noch niemals wahrgenommen hatte. Zu ihrem schwarzen Seidenrock trägt sie jetzt eine violette Bluse. Sie füllt wieder Whisky in die Gläser, legt Eiswürfel hinzu. „Chok di, kha!" sagt sie. Viel Glück. „Chok di, krab!"

sage ich. Dann gibt es ein leichtes Klirren der zusammenstoßenden Gläser.

In dieser Nacht lag ich an seidensanfter Haut. Du musst ein kühles Herz haben, hatte der Buddha gesagt. Aber mein Herz brannte.

Die wilde 1148

Mit Chantrapa machte ich Ausflüge zum See in Phayao, nach Chiang Rai, Chiang Mai und ins Goldene Dreieck. Es war schön, wenn sie hinter mir saß, die Arme um meinen Leib geschlungen, den Kopf an die Schulter gelehnt. Doch ich sprach auch mit meiner Bikerin, mit ihrem Herz, das in meiner Brust schlug. Und eines Tages sagte sie: „Gregor, mach eine Tour mit mir alleine. Eine schöne, gefährliche, wilde, romantische. Nimm die 1148 nach Nan!"

Die 1148 führte nach Osten, Richtung Laos, an den Mekong. In einem Reiseführer hieß es: „Nan, gleichnamige Hauptstadt von Thailands nordöstlicher Provinz war früher Schlupfwinkel der Guerillas der PLAT, der ‚People's Liberation Army of Thailand'. Private Räuber und Schmugglerbanden machen die Gegend immer noch unsicher. Nicht alleine mit dem Motorrad fahren. Hier ist schon mancher von der Maschine geschossen worden."

An einem frühen Morgen brach ich auf nach Chiang Rai. Oh ja, ich liebte diese Stunde des frühen Tages, wenn die Mönche in ihren orangefarbenen Roben still die Straße entlang zogen. Diese wunderbare, sichtbare Gegenwart der Religion! Diese alltägliche Präsenz eines anderen Lebensstiles! War das Gerede von der sogenannten ‚Dritten Welt‘ nicht westlicher Hochmut? Ich drehte die Geschichte um. Deutschland war Entwicklungsland. Nicht im technisch-industriellen Sinn. Aber im Sinne des Lächelns, der Freundschaft, der Kultur des Herzens. Wie die Mathematik war mir auch der Nationalstolz abhanden gekommen.

Von Chiang Rai fuhr ich zunächst nach Thoeng, kaufte mir dort an einem Straßenstand einen Malikranz, legte das Gebinde aus weißen Jasmin- und Champakblüten als Glücksbringer um den Lenker. Bald tauchte an einer Kreuzung ein Schild auf mit der Straßennummer und den thailändischen Buchstaben für ‚Nan‘.

Die 1148 machte einen freundlichen, ja geradezu sanften Eindruck. Der Asphalt war gut, Schlaglöcher selten. Auf den ersten Kilometern, als es noch nicht ins Gebirge ging, gab es kleinere Dörfer, vereinzelt stehende Bambushütten und links und rechts der Straße Reisfelder. Dann kam die erste rotweiße Straßenbarriere mit dem Postenhäuschen der Border Patrol Police. Mit freundlicher Neugierde wurde ich angehalten, hatte den Pass zu zeigen, und sie wollten wissen, wohin meine Fahrt führt.

„Nach Nan und dann an den Mekong."

„Take care!" sagten sie und winkten mir nach, als ich weiterfuhr.

Hinter der Barriere wurde die Straße enger, kurvenreicher, schraubte sich mehr und mehr in das beginnende Gebirge hinein. An den ausgefransten Straßenrändern wucherte Dog Yah, ein Schilf, das sich weit zur Straßenmitte hineinbog. Das Dog Yah wechselte sich ab mit hoch aufschießendem Bambus, der an manchen Stellen über der 1148 einen grün dämmernden Baldachin bildete. Die Strecke war einsam. Ich hatte den Helm abgelegt, mir jetzt ein rotes Tuch um die Stirn gebunden. Ich begegnete niemandem. Die Straße wurde noch enger, die Schlaglöcher nahmen zu an Zahl und Tiefe, bildeten Krater. Die Asphaltdecke war lange schon verwittert, weggewaschen, und jetzt gab es nur noch Sand, Erde und Schotter. Die Schlaglöcher wurden so zahlreich, dass ich ihnen nicht mehr im Slalom ausweichen konnte, sondern mich rasch für das weniger tiefe entscheiden musste, und oft genug begann das Hinterrad der Yamaha auf dem Sand wegzurutschen. Die Sinne waren wahrhaftig zum Zerreißen gespannt, gesammelt, konzentriert. Wie bei einem Kletterer, der in einer Felswand hängt und sich keinen Fehlgriff erlauben darf. Schon ein kleiner Unfall auf dieser einsamen Strecke konnte fatale Folgen haben. Wie zur Belohnung für die auferlegten Strapazen zeigte sich die 1148, wenn das Schilf und der Bambus den Blick freigaben auf das bizarre Bergpanorama der Provinz Nan, von einer wilden, unberührten Schönheit. In der Ferne erhoben sich hohe Gipfelformationen. Davor lagen tiefere Bergketten, die sich ausmachten wie urzeitliche Drachenkämme. In der Nähe eröffneten sich kleinere Täler, in denen wie verlassen einzelne lianenbewachsene

Kalksteinfelsen ruhten. Und ab und zu sah man in dem grünen Gewoge leuchtend-roten Hibiskus.

Die Sonne stand schon lange im Mittag. Die Luft war heiß, gleißend, flimmerte. Das Sirren der Zikaden zog sich als hoher, gleichmäßiger Ton die Straße entlang. Manchmal jedoch ebbte es ab, verstummte, schien auf etwas hinzuweisen, das in dem grünen Dschungel dem Auge verborgen blieb, und brandete dann erneut wieder auf. In das Schreien der Zikaden mischte sich auch hier und da der Ton einer versteckten Windharfe, berührte wie unwirklich die Sinne, umstreichelte, umlagerte sie, drang ein, so als sollte jeder Vorbeikommende hineingezwungen werden in einen geheimen Zauber. Die 1148 war betörend schön.

Es ist schon später Nachmittag, als die Straße etwas breiter wird. Die ersten Bananenplantagen tauchen auf, Schlaglöcher sind manchmal zugeschüttet mit Sand, und jetzt, nach sieben Stunden, passiere ich wieder eine rotweiße Barriere der Border Police.

Die erste Siedlung der Hilltribes liegt an der Straße. Kinder, die hier spielen, laufen aufgeregt fort oder lachen und winken unbefangen. Die Siedlungen zeigen sich jetzt häufiger. Die 1148 in ihrer Wildheit ist zu Ende. Die Sonne geht unter. Die Abenddämmerung beginnt. Und vor dem glühenden Himmel, der sich gelb und rot verfärbt, da wird die 1148 noch einmal auf betörende Weise schön.

Von einer kleinen Berghöhe aus sehe ich endlich die Lichter Nans. Schließlich bin ich in der Stadt, komme an einem Hotel vorbei, checke ein. Das Mädchen an der Rezeption, das mich so freundlich und erstaunt anlächelt, mag zugleich erschrocken sein über den vom Straßenstaub schwarz eingefärbten Farang. Das Motorrad ist in einer hoteleigenen, bewachten Box untergebracht.

Am Abend lausche ich im Coffeeshop bei einem kühlen Singha-Bier den Sängerinnen in ihren glitzernden Kostümen. Auch sie betörend schön wie die 1148. Eine unlösbare Gedankenkette über Tod und Erotik, Schönheit und Gefahr und die Lust am Leben irrlichtert durch mich hindurch.

Am Mekong

Abenteuerlust, Gefallen an der Gefahr, an Ungewissheit und Wagnis und ein unwiderstehlicher Drang zu schönen, exotischen Frauen beherrschten mich. Von Nan fuhr ich an den Mekong und den Mekong entlang Richtung Kambodscha, bis ich in den seltsamen Ort Kong Chiam kam. Seltsam, weil mich am Ortseingang ein großes gelbes Schild mit einer durchgestrichenen Pistole empfing. Pistolentragen verboten. War ich im wilden Osten Thailands gelandet? Die Landschaft war schön. Kong Chiam lag unmittelbar am Mekong, der breit und träge dahinfloss, und überall im Fluss erhoben sich kleine, grüne Inseln. Im Hinterland erhob sich eine sanfte Hügelkette. Auf der anderen Seite des Stroms war das geheimnisvolle Laos, das nachts dunkel war im Gegensatz zum thailändischen Ufer mit seinen Lichterketten.

Ich beschloss zu bleiben, mietete mir im 'Orchid Riverside Resort' einen Bungalow, erkundete tagsüber die Gegend, entdeckte eine Grotte mit goldenen Buddhas und eine Höhle mit prähistorischen Wandmalereien. Am Abend besuchte ich den Coffeeshop eines nahegelegenen Hotels, trank Singhabier, lauschte der Sängerin, die dort Abend für Abend auftrat. Ein wunderschönes Weib, vielleicht dreißig Jahre. Um sie zu ehren und zu zeigen, dass sie einem gefiel, konnte man im Coffeeshop einen Malikranz kaufen, einen ,Puang Malai' und ihn ihr umhängen. Das tat ich bereits am zweiten Abend und die Abende danach, bis sie schließlich während einer Gesangspause an meinen Tisch kam. Und ein paar Abende später kam sie mit in meinen Bungalow, wo sie auf der Terrasse in einer Hängematte schaukelte und nach ihrer anstrengenden Vorstellung einschlief. Ich stand daneben, sah auf den nächtlichen Mekong. Der Wind kam in dieser Nacht aus Laos. Er wehte über das Wasser des Stroms hinweg, kräuselte, wellte es und trieb dem thailändischen Ufer bizarre Figuren zu. In regelmäßigen Intervallen wuchs der Wind an Stärke, ebbte wieder ab, zog sich in die Nacht zurück und streichelte nur noch behutsam über die Fläche des Mekong.

Der Himmel war von Sternen übersät. Wie ein ruhender Pol standen sie über den Windwirbeln der Nacht, waren langsam gleitende Formationen, die sich das Firmament entlang bewegten. Eine Veränderung ihrer Position nahm man erst nach Stunden wahr.

Die Nacht war warm und erfüllt von Leben. Besonders auszumachen war der Ruf des Tockeys. Siebenmal erklang er meist, war am Anfang stark und kräftig, verebbte und erstarb am Ende, um dann irgendwann erneut vernehmbar zu sein.

Die Frau neben mir schlief fest und ruhig, nahm die Bewegungen des Windes mit in ihren Schlaf. Sie hatte sich auf die Seite gelegt, und ihr Haar fiel bis auf den Terrassenboden.

Ich beobachtete, wie der Wind darin spielte. Alle Dinge entsprachen einander. Die Nacht, der Wind, das Wasser des Mekong, die ziehenden Sterne und das Haar der Frau.

Kam ich nicht aus einem fernen, westlichen Land, wo nichts mehr der Nacht, dem Wind, dem Wasser, den Sternen und dem Haar der Frau entsprach? Hatte es mich deshalb fortgetrieben, so dass ich jetzt am Mekong stand und die Nacht beobachtete?

Ich setze mich auf die Holzplanken der Terrasse, genau dorthin, wo das Haar der

Frau den Boden berührt. Ich sehe zu, wie der Wind darin spielt, an Stärke zunimmt und wieder schweigt. Ab und zu lasse ich das Haar behutsam über meine Hand gleiten und vermeine sogar einen Schimmer der weiten Sterne darin zu verspüren.

Ihr Schlaf ist tief, und sie atmet mit ruhigen Zügen. Aber nach einer Weile scheint sie meine Nähe zu spüren, beginnt sich zu bewegen, dreht mir ihr Gesicht zu, beginnt mit der linken Hand, noch schlaftrunken, nach mir zu tasten.

Die Nacht hat noch genügend Licht, so dass ich aus der Nähe die geöffneten, vollen Lippen sehe und ihre weichen, mit der Dunkelheit verschmelzenden Konturen.

Ich stehe auf, schiebe Hände und Arme unter ihren Körper, hebe sie aus der Matte empor, trage sie in den Bungalow. Über Laos taucht gerade der erste Streifen Licht auf. Dann beginnt der Chor der Zikaden.

Zwiegespräch

Ich unterhielt mich mit meinem Herzen beziehungsweise mit dem der mir fremd vertrauten Bikerin. Das Geheimnis der elektromagnetischen Wellen ist unergründlich. Wahrhaftig, das Herz war keine mechanische Pumpe, wie die Ärzte glaubten. Es hatte seine eigenen Sinneszellen und sendete Signale aus. Ich sprach nicht laut, bewegte noch nicht einmal die Lippen. Es waren Gedanken, die hin und her gingen.

Mit meinem Arzt, der zugleich auch schon ein Freund war, stand ich über Handy in Verbindung. In Kong Chiam konnte ich meine Neugierde nicht mehr beherrschen, wollte unbedingt Näheres über die Bikerin, die mich so sehr beeinflusste, wissen.

Mein Arzt, der mich für äußerst töricht hielt und gewiss oft den Kopf schüttelte, hatte Beziehungen zu Eurotransplant und konnte an die sonst anonymen Daten herankommen. Er lachte mich aus, als ich ihm die Eigenschaften der Bikerin nannte. Sie ist schön, wild, sucht die erotische Gefahr.

„Das ist nur deine Einbildung", meinte er. „So etwas kannst du gar nicht wissen."

„Finde es doch heraus! Dann steht dein medizinisches Wissen auf dem Kopf."

„Es ist verboten."

„Du hast mir doch schon gesagt, dass es sich um eine 25jährige Motorradfahrerin handelt. Das war auch schon verboten. Jetzt kannst du auch einen Schritt weiter gehen. Niemand erfährt davon. Und du wirst deinen Horizont gewaltig erweitern."

„Gregor, führe mich nicht in Versuchung. Was hast du davon, wenn du mehr über die Spenderin weißt?"

„Verständnis. Meine Veränderung ist absolut ungewöhnlich. Aus dem gesicherten Kreis der Mathematik hinein in ein Vagabundenleben. Statt Marcumar zu nehmen, trinke ich hier Whisky, erfreue mich an der Gefahr und statt wie früher den Zahlen zu verfallen, sind es jetzt exotische Frauen. So bin ich nie gewesen. Dieses neue Herz hat mich völlig verändert."

„Gregor, du spinnst. Aber bitte, ich versuche es. Und dann wirst du sehen, dass es sich um eine ganz normale Frau handelt, die als unglückliches Hobby eben Motorradfahren hatte. Es wird mir ein besonderes Anliegen sein, deine wilden Phantasien zu widerlegen."

Zwei Wochen nach diesem Gespräch rief er mich an. „Gregor, ich habe die

Daten, ich meine den Namen und die Adresse der Eltern. Aber ich zögere noch, sie zu besuchen und sie nach ihrer Tochter zu befragen. Da übertrete ich eine verbotene Schwelle. Du weißt ja, warum Transplantationen anonym sind. Es werden Konflikte vermieden. Was ist, wenn du da auftauchen würdest, sagtest: ‚Ich habe das Herz ihrer Tochter. Dankeschön!' Vielleicht wären sie entsetzt, dass dieses Herz jetzt in einem leichtsinnigen Vagabunden schlägt."

„Dann geh du doch an meiner Stelle. Wo wohnte sie? Ist es weit von Bonn aus?"

„Nein, sie wohnte in Andernach. Im Haus der Eltern. Gregor, ich kann das nicht. Welchen Grund soll ich vorschieben? Dein Ansinnen ist lächerlich."

„Übermittle ihnen meine Dankbarkeit. Sage ihnen, dass das Herz ihrer Tochter jetzt in einem Menschen schlägt, der dem Wohl der Menschheit dient. Das tröstet sie. Du wirst sehen, dass ich mit all meinen Vermutungen recht habe. Außerdem bereicherst du die Medizin um neue Erkenntnisse. Das Herz ist nicht nur eine Pumpe. Auch dein Verständnis wird erweitert werden."

„Ich werde es mir überlegen. Du gibst ja keine Ruhe."

Eine Woche später rief er an einem frühen Abend wieder an. „Gregor, ich habe es gemacht. Es hat tatsächlich ein wenig Trost gespendet. Ich habe erzählt, du würdest für Ärzte ohne Grenzen arbeiten und Leben retten. Aber es war eine seltsame Situation. So etwas mache ich nie wieder."

„Und?" fragte ich. „Stimmen die Eigenschaften, die ich dir genannt habe?"

„Mehr noch. Sie ist Motorradrennen gefahren, muss wirklich ein wildes Ding gewesen sein. Sie hat an der Musikhochschule in Köln studiert. Violine und Tanz. Die Eltern haben mir auch Fotos gezeigt. Eine schöne Blonde mit einem ausgeprägten Hang zu Extravaganzen. Sie heißt übrigens Marie. Entschuldigung, hieß."

„Nimm ruhig die Gegenwart. Sie heißt immer noch so."

„Du bist verrückt. Was ist bloß aus dem Mathematiker, den ich von früher kannte, geworden!? Aber, na ja, und jetzt kommt etwas, das dich umhauen wird. Stehst du oder sitzt du?"

„Ich stehe. Bin immer noch in Kong Chiam. Meine Sängerin bereitet sich gerade auf ihren Abend vor."

„Dann setz dich bitte."

„Nicht nötig."

„Gut, wenn du meinst."

„Also, was nun?"

„Du hast das Herz einer Lesbe."

Ich schwieg ein paar Sekunden, sagte dann ohne sonderliche Überraschung: „Das erklärt manches."

„Erklärt? Was denn?"

„Die Anziehungskraft, die Frauen auf mich ausüben, hat sich verdoppelt. Ich will sie als Mann, meine Bikerin will sie als Frau. Wir sind sozusagen zu Zweit mit demselben Begehren."

Nach dem Telefonat redete ich mit Marie. „Du hast deine Freude?"

„Oh ja. Du machst das gut. Aber du willst dich bitte nicht mit 42 Jahren in einem nordthailändischen Reisdorf verhocken."

„Chantrapa gefällt dir nicht?"

„Doch, doch. Aber das ist keine Perspektive."

„Und die Sängerin?"

„Auch süß. Aber auch keine Perspektive. Willst du ein Leben lang auf den Mekong gucken?"

„Also, was willst du?"

„Ich treibe dich so lange durch die Welt, bis du die Richtige findest."

„Und wo bitte?"

„Fliege nach Südamerika! Eine sanfte Thai ist zwar schön, ich will aber eine temperamentvolle Latina. Suche in Kolumbien oder in Brasilien."

„Ein weiter Weg von Bangkok aus. Wie rum soll ich denn fliegen? Über den Atlantik oder den Pazifik?"

„Ist in etwa gleich weit. Aber fliege über den Pazifik. Nicht nach Europa zurück. Die Reise geht vorwärts. Und komm nicht auf die Idee, Zwischenstation auf Tahiti zu machen. Die Zeit der Südseeromantik ist vorbei."

„Okay", sagte ich abschließend. „Ich muss sowieso aus Thailand raus. Mein Visum läuft bald ab. Ich entscheide mich für Brasilien. Den Amazonas und den Rio Negro wollte ich immer schon kennenlernen."

„Immer schon? Du spinnst. Ich habe dich aus deinem öden Mathematikleben

herausgerissen, eine bürgerliche Bauch-
landung verhindert."

„Okay, hast ja recht. Also Brasilien.
Einverstanden?"

„Einverstanden."

Am Rio Negro

Ich verabschiede mich von der Sängerin,
lasse ihr zum Trost etwas Geld zurück. Sie
ist jung genug, wird rasch einen anderen
finden. Dann fahre ich zurück nach Chiang
Rai und weiter in das Reisdorf.

„Ich muss raus", sage ich zu Chantrapa.
„Mein Visum läuft bald ab. Das Motorrad
lasse ich hier. Ich fliege nach Singapur."

„Wann kommst du wieder?"

„Das weiß ich nicht."

Flug mit Thai Inter von Bangkok nach
Singapur. Drei Tage Aufenthalt in einer
schwülen, technisch hochgerüsteten Stadt,
einem Stadtstaat mit rigorosen rechtlichen
Regelungen. Schlafe in einem Chinesen-
hotel, gehe abends in die Diskothek ‚Rasa
Sayang'. Die Thaifrauen, die dort arbeiten
sind charmant, schön, goldbehangen. Ich
nehme keine mit ins Hotel. Marie sagt:
„Das ist keine Liebe." Ich handle kühl,

rational, kaufe mir einen Sprachkurs Portugiesisch. Ohne Sprache wäre man verloren.

Weiterflug mit ‚Air NewZealand' nach Auckland. Von dort in den Flieger nach Rio. Zwischenlandung Tahiti. Ich bleibe im Transit. Die Zeit der Bounty, der Südseeromantik, ist vorbei. Drei Tage Rio. Quirliges Leben an der Copacabana. Den Bikini der Ladies kann man kaum erkennen. Den Zuckerhut gucke ich mir von unten an. Wozu mit der Seilbahn hochfahren? Von unten ist er auch schön. Dann der Flug mit ‚Latam' über Brasilia nach Manaus.

In Manaus treffen sich zwei Ströme. Der Rio Negro und der Amazonas. Ein paar Kilometer fließen sie getrennt nebeneinander her. Der Amazonas mit hellem Wasser, der Rio Negro mit dunklem. Dann vermischen sie sich. Der Strom, der jetzt dem Atlantik zufließt, heißt nur noch Amazonas.

Ich miete ein billiges Hotelzimmer am Hafen von Manaus. Das Leben dort ist bunt, quirlig. Ein Völkergemisch von weiß über Milchkaffeebraun bis dunkelschwarz. Ich hätte Lust, mit einem der alten Dampfer, so wie ich sie mir auf dem

Mississippi vorstelle, den Rio Negro hochzufahren. Mich reizt die Stelle in der Autobiographie des kolumbianischen Schriftstellers Gabriel García Márquez, wo er schreibt: „Es gab ein paar stickige Kabinen mit jeweils zwei Feldbetten, fast immer von armseligen Hürchen belegt, die während der Fahrt Notdienste erwiesen." Freilich, das war eine Fahrt auf dem kolumbianischen Rio Magdalena. Auf dem Rio Negro kann das anders sein. Ich schaffe es nur mit einem modernen Schiff zu Stationen indianischer Folklore für Touristen. Schwimmen mit rosaroten Delphinen, Tanz in einem Indianerdorf, ein Krokodil im Arm. Eine harmlose Python und eine indianerhafte Bemalung. Damit laufe ich später auf dem Markt am Hafen herum. Die Brasilianer lächeln freundlich. Ich werde immer noch als verrückter Tourist erkannt. Aber meine Nationalität verwischt sich. Von den Motorradtouren bin ich immer noch braungebrannt. Von der Kleidung her eigentlich unidentifizierbar. Weit, lässig, bequem. Man erkennt mich nur an meinem Idiom.

Das Verlangen, eine der schönen Huren am Hafen mit auf das Hotelzimmer zu nehmen, bedrängt mich. Aber mein Herz pocht dann in einem aufgeregten Takt und sagt ‚Nein'. Eine ganze Woche bleibe ich in Manaus, und dann entschließe ich mich, dreißig Kilometer westwärts zu fahren, an den Rio Negro.

Dornröschen schläft

Ich hatte Sehnsucht nach einem stilleren Ort und begab mich 30 Kilometer westlich von Manaus nach Paracituba, an die weißen Sandstrände des Rio Negro. In der ‚Anaconda Lodge' mietete ich einen Bungalow, der abseits am äußersten Rand lag. Hier dachte ich darüber nach, was weiter werden würde. Meinem Heimatland war ich entfremdet. Sie redeten dort von Demokratie, hatten sie aber lange nicht mehr. Sie hatten sich mit Krisen umzingelt und eine unselige Digitalisierung schob einen immer mehr in die Entpersönlichung. Diese Tendenz war lange schon von den Dichtern und Philosophen erkannt worden. Die Romantik des 19. Jahrhunderts war der letzte Gegenstoß gewesen. Die

Industrialisierung war der gnadenlose Anstoß zur Spirale der Profitmaximierung.

„Was soll ich tun?" fragte ich Marie.

„Du machst es richtig", antwortete sie. „Werde Brasilianer. Fliege einmal noch zurück, löse alles auf. Die Wohnung, die du unnütz gemietet hast. Verabschiede dich von deinem Heimatland. Die Sprache behältst du und auch die Kultur, so weit sie menschlich ist. Suche in Brasilien eine Frau, die dich begleitet. Deutschland ist nichts für dich. Was meinst du, warum ich Motorradrennen gefahren bin? Es war die Verzweiflung über das abgestumpfte bürgerliche Leben, das sowieso mit dem Tod endet."

„Was ist mit Ajahn Buddhadasa?" fragte ich. „Love without the lover."

„Das geht nicht. Dazu sind wir nicht geschaffen. Wir verstricken uns beide in die Liebe und sind abhängig. Mache dir da keine Gedanken drüber. Wir sind so. Die Mönche in Ehren. Wir sind anders. Wir brauchen die Liebe, das Atmen an einer anderen Haut. Mache dir keine Sorgen. Irgendetwas wird kommen. Schaukel auf der Terrasse in der Hängematte, rauche Makonja, Cannabis. Du wirst sehen, wie sich die Welt öffnet. Du wirst nicht zur Welt gehen müssen. Sie kommt zu dir."

So sprach Marie zu mir. Mit dem Besitzer der Lodge, der Pedro hieß, hatte ich bald ein freundschaftliches Verhältnis. Er gab mir auch Makonja, und so lag ich tagelang nur in der Hängematte, rauchte und fand die Welt ziemlich lustig. Was war Mathematik? Eine Enklave mit Gewissheitscharakter. Aber eben nur eine Enklave, um die herum ein ungewisses Leben tobt. Tagelang bekam ich von meiner Umwelt nichts mit. Lachte und schaukelte. Bis ich eines Tages sagte: „So geht das auch nicht. Verbinde dein wild vertrautes Herz mit dem Kopf."

Ich hörte auf, Makonja zu rauchen, trat eines Nachts hinaus auf die Terrasse, um den Blick in die flimmernden Sterne zu werfen. In dieser Nacht schien der volle Mond. Die Hütte, die etwa dreißig Meter neben mir war, hatte ich bis dahin noch nie richtig in Augenschein genommen. Jetzt blickte ich hinüber und wunderte mich. Auf der überdachten Terrasse lag eine Frau und schlief. Ihr Kopf ruhte auf einem weißen Hund, einem großen Labrador oder sogar einem Wolfshund. Der Hund hatte die Vorderläufe gestreckt, lag ruhig und aufmerksam da, als würde er sie bewachen. Unwillkürlich dachte ich bei der schlafenden Schönen an das Märchen von Dornröschen. Wie sie da lag, selbstverständlich dem Schlaf hingegeben.

„Wer ist das?" fragte ich am Morgen Pedro.

„Ach so", antwortete er. „Das ist Luana. Sie schläft meistens draußen auf der Terrasse. Einen Kilometer von hier betreibt sie eine kleine Strandbar. Mit dem wunderbaren Namen ‚Paraíso D' Angelo'. Sie ist eine Indigene, eine Indianerin vom Amazonas. Viel mehr weiß ich nicht über sie. Sie kommt und geht und schläft nachts mit ihrem Hund auf der Terrasse. Hast du das jetzt erst bemerkt?"

„Ja", sagte ich. „Ich war zugekifft. Tagsüber in der Hängematte, nachts im Bett."

„Ist ja auch schön", meinte Pedro. „Wir lassen hier die Menschen leben, wie sie sind."

An diesem Tag ging ich am Strand des Rio Negro entlang und traf nach etwa einem Kilometer auf die kleine Strandbar ‚Paraíso D' Angelo'. Ich setzte mich an der Theke auf einen Hocker, bestellte mir einen Caipirinha. Wobei ich vorher ein paar Sekunden überlegte: Lieber doch einen Kaffee? Es ist noch früh am Tag. Verwundert muss ich Luana angesehen haben. Sie gefiel mir.

„Tudo bem, Sir?" fragte sie mich. Alles gut?

„Sim, sim. Está tudo bem."

Der Hund lag ruhig hinter der Theke, die Vorderläufe wieder ausgestreckt. Er bewachte seine Herrin. Die hatte lustige Rastalocken und unverkennbar ein indianisches, schönes Gesicht. Ich schätzte sie auf etwa dreißig Jahre. Es konnten ein paar mehr oder auch weniger sein. Sie war schlank, großgewachsen, trug ein langes türkisfarbenes Kleid. Am Oberarm sah ich ein Tattoo. Eine Anaconda.

Ich saß da an der Theke, schwieg, rauchte, saugte ab und zu an dem Strohhalm, wusste nicht, wie ich mich verhalten sollte. Das Herz in mir sagte: „Das ist sie!"

Ich war zu dieser Zeit der einzige Gast. Sie fragte: „De onde você é?" Woher kommen Sie?"

„Da Alemanha. Agora estou em uma turnê mundial." Aus Deutschland. Jetzt bin ich auf Weltreise.

„Um belo país?" Ein schönes Land?

„Sim, mas aqui também." Ja, aber hier auch.

Sie lachte, schüttelte den Kopf, dass die Rastalocken hin und her flogen. „Não sei. Aqui não é legal." Ich weiß nicht. So schön ist es hier nicht. „Você é um turista. E logo se foi novamente." Sie sind Tourist und bald wieder weg.

„Não sei. Vamos ver", antwortete ich. Weiß ich nicht. Mal sehen.

Ich schob mich von dem Hocker, bezahlte. „Vejo você pela manhã." Bis morgen. „A propósito, sou seu vizinho." Ich bin übrigens Ihr Nachbar.

Sie sah mich erstaunt an, sagte aber nichts. Der Hund hatte mitgehört und sagte auch nichts.

Auf dem Rückweg zur Anaconda-Lodge sprach ich mit Marie. „Sie ist schön und so anders", sagte ich. „Was ist das?"

„Das ist genau richtig. Sei jetzt behutsam. Falle nicht mit der Tür ins Haus. Sie ist eine Indianerin. Stolz, selbstbewusst und sie hat die Liebe im Herz."

„Und jetzt?"

„Gehe Tag für Tag an die Bar und sprich mit ihr."

So geschah es auch. Zehn Tage ging ich an ihre Bar, trank einen Caipirinha, redete mit ihr. Bis ich den Kopf auf die Theke legte, sie ansah, lächelte und sagte: „A vida não tem sentido sem uma mulher." Ohne Frau ist das Leben sinnlos.

In der Nacht danach war ich nicht in meiner Hütte, sondern in ihrer. Der Hund lag auf der Terrasse und schien damit zufrieden. Ich habe ihr einen Reisepass besorgt, bin mit ihr nach Deutschland zurück, um alles aufzulösen. Sie hatte drei Monate Zeit, um das Leben in diesem Land kennenzulernen und es zu vergleichen. Dann sind wir zurück nach Brasilien. Ich hatte alle Dokumente. Mit Apostille sogar.

„Mein Gott", sagte ich zu Marie. „Was eine Transplantation ausmacht! Ich werde jetzt Brasilianer. Das habe ich vorher nicht gewusst. Aber es ist gut so."

www.ruediger-schneider.net